AF400613

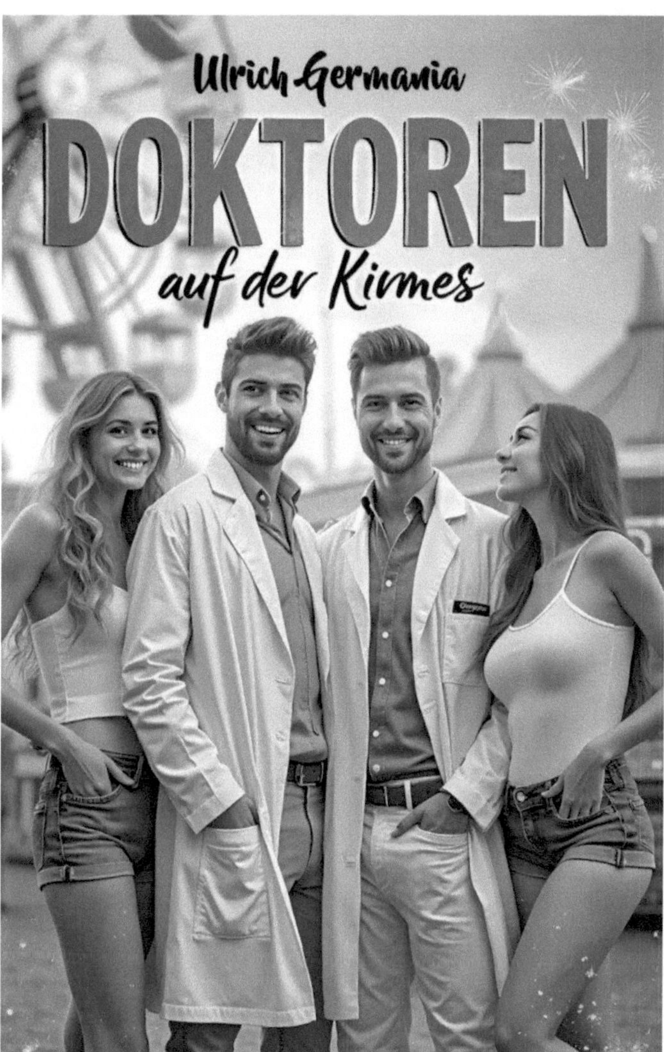

Ulrich Germania
DOKTOREN
auf der Kirmes

Impressum

Buchtitel:
Doktoren auf der Kirmes

Untertitel:
Unfall, Zufall oder Glücksfall?
Kein Arztroman, aber mit Doktoren

Serie:
Romantische Begegnungen auf dem Jahrmarkt

KI-Hinweis:
KI-Geschichte, erdacht und überarbeitet vom Autor

Autor:
Ulrich Germania © 2025

Verlag: BoD · Books on Demand GmbH,
In de Tarpen 42, 22848 Norderstedt, bod@bod.de

Druck: Libri Plureos GmbH
Friedensallee 273, 22763 Hamburg

ISBN  978-3-7693-9969-1

# Inhaltsverzeichnis



**Bildnachweise:**
Die Bilder auf dem Buchumschlag und im Buch wurden durch KI generiert und mit Computer-Programmen der Foto-Manipulation modifiziert.

**KI-Hinweis:**
Autor Ulrich Germania hat sich die Charaktere und den Plot ausgedacht, die KI hat die Geschichte geschrieben, dann wurde sie überarbeitet und verbessert.

# Der Jahrmarkt

Es war ein lauer Sommerabend, am Tag als in der Stadt wieder einmal, nach langer Zeit, eine Kirmes eröffnet wurde. Für zwei Wochen würde der Jahrmarkt die Stadt mit bunten Lichtern, einem Meer aus Farben und Geräuschen bereichern. Der Duft von Zuckerwatte und gebrannten Mandeln lag in der Luft, während das fröhliche Lachen der Besucher die Atmosphäre erfüllte. Überall gab es Fahrgeschäfte, die sich drehten und schaukelten, von der wilden Achterbahn bis zum gemütlichen Riesenrad, das einen herrlichen Blick über den gesamten Jahrmarkt und weite Teile der Stadt bot.

Die Kitschverkaufsstände waren vollgepackt mit allerlei Nippes und Souvenirs, von glitzernden Schneekugeln bis hin zu handgemachten Schmuckstücken.

Kinder liefen aufgeregt von Stand zu Stand, ihre Augen leuchteten vor Freude und Neugier.

Die Imbissbuden boten eine Vielzahl von Leckereien an, von herzhaften Bratwürsten bis hin zu süßen Crêpes, die frisch vor den Augen der hungrigen Besucher zubereitet wurden.

In den Biergärten saßen die Erwachsenen, genossen ein kühles Getränk und lauschten der Live-Musik, die von einer kleinen Bühne herüberklang.

Die Kirmes war ein Ort, an dem sich Menschen trafen, lachten und die Sorgen des Alltags für die Dauer ihres Besuches vergaßen.

Hier, inmitten dieses bunten Treibens, sollte eine Liebesgeschichte beginnen, die die Kirmes-Zeiten überdauern würde.

# Krankenschwester Lina

Lina, eine 23-jährige Krankenschwester, war auf dem Weg in die Stadt, um sich mit ihrer Arbeitskollegin und besten Freundin Ella in einem schicken Café zu treffen. Sie saß in der Straßenbahn und beobachtete die vorbeiziehende Landschaft, als die Bahn plötzlich direkt vor dem Jahrmarkt-Gelände hielt. Spontan entschied sie sich, auszusteigen und sich kurz umzusehen.

Der Anblick der bunten Lichter und die fröhliche Atmosphäre zogen sie sofort in ihren Bann. Sie konnte den Duft von Zuckerwatte und gebrannten Mandeln riechen und hörte das Lachen der Menschen um sich herum.

Begeistert rief sie ihre Freundin Ella an und schlug vor, dass sie sich stattdessen auf der Kirmes treffen sollten. Ella war sofort einverstanden und machte sich auf den Weg.

Inzwischen schlenderte Lina über das Kirmesgelände, ließ sich von den Eindrücken treiben und genoss die unbeschwerte Stimmung.

# Dr. Martin

Martin, ein 28-jähriger Arzt, arbeitete auf dem Kirmesgelände am Stand der Unfallhilfe. Er war groß und athletisch, mit kurzen, dunkelbraunen Haaren und einem freundlichen Lächeln, das Vertrauen erweckte. Martin hatte sich freiwillig gemeldet, um auf der Kirmes zu arbeiten, da er es liebte, Menschen zu helfen und weil er die Notarzt-Bereitschaft nicht im sterilen Krankenhaus, sondern in der fröhlichen Atmosphäre auf der Kirmes erledigen wollte.

Sein Stand war gut sichtbar, mit einem großen roten Kreuz und einem weißen Zelt, in dem er und sein kleines Team Erste Hilfe leisteten. Martin war stets aufmerksam und bereit, bei kleineren Verletzungen oder Unfällen sofort einzugreifen. Er hatte eine ruhige und beruhigende Art, die den Menschen das Gefühl gab, in guten Händen zu sein.

Obwohl er viel zu tun hatte, nahm er sich immer wieder einen Moment Zeit, um die fröhlichen Gesichter der Kirmesbesucher zu beobachten und die positive Energie aufzusaugen.

# Begegnung am Ponyhof

Während Lina auf ihre Freundin Ella wartete, schlenderte sie gemütlich über das Kirmesgelände. Plötzlich hörte sie das typische Wiehern von Pferden hörte. Neugierig folgte sie dem Klang und entdeckte einen kleinen Bereich, in dem Kinder auf Ponys reiten konnten. Die Ponys trotteten gemächlich im Kreis, während die Kinder auf ihren Rücken saßen, lachten und jubelnd ihren Eltern zuwinkten.

Gerade als Lina näherkam, um das Geschehen zu beobachten, passierte es. Ein kleines Kind, das auf einem der Ponys saß, verlor plötzlich das Gleichgewicht. Lina sah, wie das Kind nach vorne kippte und schließlich vom Pony rutschte. Ein erschrockener Aufschrei ging durch die Menge, als das Kind auf den Boden fiel.

Lina spürte, wie ihr Herz schneller schlug. Ohne zu zögern, rannte sie zur Unfallstelle, während die Eltern des Kindes ebenfalls herbeieilten.

„Ich bin Krankenschwester“, erklärte Lina den Eltern, während sie neben dem weinenden Kind kniete und untersuchen wollte, ob es sich beim Sturz vom Pony verletzt hatte.

Das Kind lag weinend auf dem Boden, und rief nach seiner Mama. Die Mutter hob das Kind auf und ließ es auf ihrem Arm sitzen, während Lina zur Mutter sagte: „Wir sollten nachsehen, ob sich das Kind beim Sturz nichts gebrochen hat.“

Die Mutter nickte.

In diesem Moment eilte jemand anderes ebenfalls zur Hilfe. Es war Martin, der Arzt von der für die Kirmes zuständige Unfallhilfe.

„Guten Tag, ich bin der Arzt von der Unfallstation“, stellte er sich vor und jeder erkannte es sofort: Er trug eine weiße Jeans, ein weißes Hemd und eine weiße Jacke, auf die ein rotes Kreuz gestickt war.

Martin sah Lina an, die besorgt bei der Mutter und dem Kind stand.

„Alles in Ordnung, ich kümmere mich darum“, sagte er mit einem beruhigenden Lächeln.

Lina nickte und trat einen Schritt zurück, um ihm Platz zu machen, blieb aber in der Nähe, falls sie gebraucht würde.

Mit ruhiger Stimme und professioneller Gelassenheit übernahm Martin die Situation.

Er nickte Lina zu, dann sagte er zur Mutter des Kindes:

„Die Dame hat recht, wir sollten das Kind auf Verletzungen untersuchen."

Die Mutter beruhigte das weinende Kind und Martin begann, es sorgfältig auf Verletzungen zu untersuchen.

Lina beobachtete fasziniert, wie Martin mit einer Mischung aus Kompetenz und Mitgefühl handelte. Sie wusste, dass sie gerade Zeugin eines besonderen Moments geworden war.

Während Martin das Kind untersuchte, sprach er leise und beruhigend auf das Kind ein.

„Es sieht so aus, als hättest du dir nur ein paar Schrammen geholt. Nichts Ernstes, aber wir werden sicherstellen, dass dein Wehwehchen schnell wieder heilt."

Das Kind hörte auf zu weinen und sah Martin mit großen Augen an, während er vorsichtig die kleinen Schürfwunden versorgte.

Lina konnte sehen, wie geschickt und einfühlsam Martin war, und sie fühlte sich von seiner ruhigen Art angezogen.

Als Martin fertig war, stellte die Mutter das Kind wieder auf seine eigenen Beine und die Eltern dankten Martin mit einem Handschlag.

„Passt gut auf euch auf", sagte Martin lächelnd, bevor er sich zu Lina umdrehte.

„Schön, dass du so schnell zur Stelle warst", sagte er. „Ich bin übrigens Martin, der offizielle Unfallarzt auf der Kirmes, aber sonst arbeite ich in der Uniklinik."

„Lina", antwortete sie und lächelte zurück. "Ich bin Krankenschwester in der Theresien Klinik., Ich wusste nicht, dass es auf der Kirmes einen Arzt gibt. Also wollte ich sicherstellen, dass mit dem Kind alles in Ordnung ist."

„Ahh, du bist Krankenschwester? Das erklärt, warum du so ruhig geblieben bist", sagte Martin anerkennend und fügte hinzu:

„Es ist immer gut, wenn jemand mit medizinischem Hintergrund für eine erste Hilfe in der Nähe ist, bis ein Arzt kommt."

Lina spürte, wie ihre Wangen leicht erröteten. „Es war beeindruckend, dir zuzusehen. Du hast das wirklich gut gemacht."

Martin lachte leise.

„Danke. Es ist schön, das zu hören. Vielleicht sehen wir uns später noch einmal auf der Kirmes?"

Lina nickte. „Das würde mich freuen."

Mit einem Lächeln trennten sich ihre Wege, aber beide hofften, dass sie sich wieder sehen würden.

# Ella und Lina

Lina schlenderte wieder über das Kirmesgelände, als plötzlich ihr Handy klingelte. Auf dem Display stand der Name ‚Ella‘.

„Hallo Lina, ich bin jetzt auch auf der Kirmes. Wo bist du? Wo können wir uns treffen?“

„Am besten beim Riesenrad, davon gibt es nur eines und das kann man nicht übersehen“, schlug Lina vor und die beiden Mädchen machten sich auf den Weg zum Riesenrad.

Noch bevor sie am Riesenrad angekommen war, entdeckte Lina ihre Freundin Ella in der Menschenmenge. Ella winkte ihr fröhlich zu und bahnte sich ihren Weg durch die Menschenmassen, bis sie schließlich bei Lina ankam.

„Hey, Lina! Was für eine irre Idee, dass wir uns auf der Kirmes treffen“, rief Ella aus und umarmte ihre Freundin herzlich.

Lina strahlte über das ganze Gesicht.

„Ella, du wirst nicht glauben, was gerade passiert ist! Ich habe jemanden kennengelernt, und es war so aufregend!"

Sie konnte kaum an sich halten vor Aufregung und begann sofort, die Geschichte zu erzählen.

„Also, ich war gerade auf dem Weg zu den Ponys, als ich sah, wie ein kleines Kind vom Pferdchen fiel. Es war so schrecklich! Ich bin sofort hingelaufen, um erste Hilfe zu leisten, aber dann kam noch jemand anderes – ein Arzt namens Martin. Er hat sich so gut um das Kind gekümmert, es war wirklich beeindruckend."

Ella hörte aufmerksam zu und nickte begeistert. "Wow, das klingt ja wie aus einem Film! Und wie war dieser Martin so?"

Lina lächelte verträumt.

„Er war groß, sah gut aus und hatte dieses freundliche Lächeln, das einem sofort Vertrauen einflößt. Er war so ruhig und professionell, als er das Kind versorgt hat. Ich habe ihm fasziniert zugesehen."

Ella kicherte. „Das klingt, als hättest du dich schon verliebt. Und was ist dann passiert?"

„Nachdem er das Kind versorgt hatte, hat er sich bei mir für die Erste Hilfe bedankt und wir haben uns kurz unterhalten. Er hat mich gefragt, ob wir uns später noch einmal auf der Kirmes sehen. Ich habe natürlich ja gesagt", erzählte Lina mit einem breiten Grinsen.

Ella klatschte in die Hände.

„Das ist ja fantastisch! Vielleicht ist das der Anfang einer Beziehung. Ich bin so gespannt, wie es weitergeht!"

Lina nickte. „Ich auch. Aber jetzt lass uns die Kirmes genießen und sehen, was der Abend noch so bringt."

Die beiden Freundinnen machten sich auf den Weg, um die verschiedenen Attraktionen der Kirmes zu erkunden, während Lina immer wieder an ihre Begegnung mit Martin dachte.

Auch Ella dachte an die Geschichte, die Lina ihr erzählt hatte und war neugierig geworden. Sie wollte unbedingt wissen, wie Martin aussah.

„Lina, ich bin neugierig, wie dein Martin aussieht. Lass uns doch einfach zum Stand der Unfallhilfe gehen, damit ich ihn mal sehen kann", schlug sie vor.

Lina zögerte kurz, aber dann nickte sie. "Gute Idee, Ella. Lass uns hingehen. Vielleicht ist er ja noch da."

Die beiden Freundinnen machten sich auf den Weg durch das bunte Treiben der Kirmes. Sie gingen an den Fahrgeschäften und Imbissbuden vorbei, bis sie schließlich den Stand der Unfallhilfe erreichten. Das große rote Kreuz und das weiße Zelt waren nicht zu übersehen.

Als sie näherkamen, sahen sie Martin, der gerade einem kleinen Jungen ein Pflaster auf das Knie klebte. Seine ruhige und professionelle Art war sofort erkennbar.

„Da ist er", flüsterte Lina aufgeregt. "Das ist Martin."

Ella musterte ihn aufmerksam und nickte anerkennend. „Er sieht wirklich gut aus, Lina. Und er scheint auch seinen Job gut zu machen."

Lina lächelte stolz. „Ja, das tut er. Ich bin so froh, dass ich ihn getroffen habe."

Die beiden Freundinnen beobachteten Martin noch eine Weile, bevor sie sich wieder ins Getümmel der Kirmes stürzten.

 Lina konnte das Gefühl nicht abschütteln, dass dieser Abend etwas ganz Besonderes war und dass ihre Geschichte mit Martin gerade erst begonnen hatte.

# Unfall mit Knall

Lina und Ella schlenderten weiter über die Kirmes, als plötzlich ein lauter Knall die Luft erfüllte. Beide drehten sich erschrocken um und sahen, wie ein kleines Kinder-Karussell abrupt stehen blieb.

Ein Kind, das auf dem Rücken eines Plastik-Elefanten saß, war durch die Vollbremsung des Karussells von seinem Reitgefährt gestürzt und schrie jetzt vor Schmerz, oder weil es so erschrocken war.

Lina reagierte instinktiv und rannte zum Unfallort. Sie kniete sich neben das weinende Kind und begann, es zu beruhigen.

„Alles wird gut, ich bin hier, um dir zu helfen," sagte sie sanft und untersuchte das Kind auf Verletzungen. Zum Glück schien es nur ein paar Schrammen und blaue Flecken zu haben.

In diesem Moment tauchte Martin auf, der den Knall und den Schrei des Kindes ebenfalls gehört hatte und sich sofort auf den Weg machte.

Martin sah Lina, die bereits bei dem Kind war, und lächelte anerkennend.

„Du bist ja schon wieder schneller als ich," sagte er scherzhaft, während er sich neben sie kniete.

„Ich konnte nicht anders," antwortete Lina und lächelte zurück. „Es sieht so aus, als würde das Kind nur ein paar blaue Flecken bekommen, aber ich wollte sicherstellen, dass alles in Ordnung ist."

Martin nickte und begann, das Kind ebenfalls zu untersuchen.

„Du hast gute Arbeit geleistet, Lina. Es scheint nichts passiert zu sein, außer ein paar Prellungen stelle ich auch nichts fest. Aber wir werden noch mal prüfen, ob es sich nicht die Fuß- oder Handgelenke verstaucht hat." Gemeinsam kümmerten sie sich um das Kind und beruhigten die besorgten Eltern.

Nachdem sie das Kind untersucht und keine Verletzungen gefunden hatten, standen Lina und Martin auf und sahen sich an.

„Du bist wirklich beeindruckend, Lina," sagte Martin. „Es ist schön zu sehen, wie du dich um andere kümmerst."

Lina errötete leicht.

„Danke, Martin. Es ist auch schön, jemanden wie dich hier zu haben. Du bist ein großartiger Arzt."

Martin lächelte. „Vielleicht sollten wir uns später noch einmal treffen und ein bisschen plaudern. Ich würde gerne mehr über dich erfahren."

Lina nickte. „Das würde mich freuen. Wann hast du Feierabend?"

Martin sah auf seine Uhr und antwortete:

„In einer Stunde habe ich Feierabend. Wie wäre es, wenn wir uns dann bei der großen Bühne treffen? Dort spielt eine Live-Band, und wir könnten uns ein bisschen unterhalten."

Lina lächelte. „Das klingt nach einem Plan. Ich freue mich darauf."

„Bis nachher", sagte Martin und verabschiedete sich mit einer winkenden Geste seiner Hand.

Doktoren
auf der
Kirmes

# Am Rande der Tanzfläche

Lina und Ella schlenderten zur großen Bühne, wo die Live-Band nach einer Pause gerade wieder auf die Bühne zurückkam und nochmals ihre Instrumente stimmten, bevor die ersten Töne erklangen. Kaum wurde das erste Lied gespielt, tanzten die Menschen ausgelassen im Rhythmus der Musik.

Die beiden Freundinnen genossen die fröhliche Atmosphäre, als plötzlich ein Betrunkener auf sie zukam. Er schwankte und lallte unverständliche Worte, während er versuchte, Lina und Ella zu belästigen.

Lina spürte, wie ihr Herz schneller schlug. Sie versuchte, den Betrunkenen zu ignorieren und sich von ihm abzuwenden, aber er ließ nicht locker. Ella stellte sich schützend vor ihre Freundin, doch der Betrunkene wurde immer aufdringlicher.

Die Situation drohte zu eskalieren, als plötzlich Martin auftauchte.

Martin hatte gerade Feierabend und war auf dem Weg zur Bühne, um sich mit Lina zu treffen.

Als er die Szene sah, zögerte er keine Sekunde. Mit entschlossenem Blick stellte er sich vor Lina und Ella, um die Mädchen zu schützen. „Lass die beiden in Ruhe," befahl er dem Mann mit fester Stimme.

Der Betrunkene starrte Martin an, seine Augen verengt vor Wut. Ohne Vorwarnung holte er aus und schlug Martin mit der Faust ins Gesicht. Der Schlag war heftig, und Martin taumelte einen Schritt zurück, während der Betrunkene schnell in der Menge verschwand.

Lina schrie erschrocken auf und eilte sofort zu Martin.

„Martin, bist du in Ordnung?" fragte sie besorgt, während sie sein Gesicht untersuchte. Eine kleine Platzwunde zeichnete sich auf seiner Wange ab und es sah aus, als ob sie gleich bluten würde, aber Martin lächelte tapfer.

Lina nahm ein Papiertaschentuch und drückte es auf die Wunde, bis sie sicher war, dass sie eine eventuelle Blutung verhindert hatte.

„Es geht schon, Lina", sagte Martin beruhigend. „Wichtiger ist, dass ihr beide in Sicherheit seid."

Lina fühlte eine Mischung aus Erleichterung und Bewunderung für Martin.

„Danke, dass du uns geholfen hast," sagte sie leise. „Du bist wirklich mutig."

Martin lächelte und legte eine Hand auf ihre Schulter.

„Ich würde immer wieder dasselbe tun, Lina. Lass uns jetzt einen schönen Abend haben und die Musik genießen."

Gemeinsam gingen sie zur Bühne zurück, wo die Band inzwischen in vollem Gange war.

DOKTOREN
AUF DER KIRMES

# Kollege Bernd

Die kleine Platzwunde auf Martins Wange fing leider an zu bluten, und Lina wurde sofort besorgt.

„Martin, deine Wunde blutet wieder. Lass uns zum Stand der Unfallhilfe gehen, damit du versorgt wirst," sagte sie entschlossen.

Martin nickte und lächelte tapfer. „Gute Idee, Lina. Ich möchte nicht, dass es schlimmer wird."

Lina reichte Martin ein Papiertaschentuch, das drückte sich Martin auf die Wange. Gemeinsam machten sich Lina, Martin und Ella auf den Weg zum Stand der Unfallhilfe. Als sie ankamen, sahen sie, dass Martins Kollege Bernd jetzt dort arbeitete.

Bernd war ein erfahrener Sanitäter, der sofort erkannte, dass etwas nicht stimmte, weil sich Martin ein Taschentuch ans Gesicht drückte.

„Martin, was ist passiert?" fragte Bernd besorgt, als er die blutende Wunde auf Martins Wange sah.

„Ich hatte eine kleine Auseinandersetzung mit einem Betrunkenen," erklärte Martin und zuckte mit den Schultern. „Es ist nichts Ernstes, aber er hat mich mit seiner Faust getroffen."

Martin deutete auf Lina und sagte: „Das ist Lina, eine Krankenschwester, sie hat die erste Blutung gestoppt, aber jetzt blutet die Wunde wieder."

Bernd nickte und führte Martin zu einem Stuhl. „Setz dich hin, ich kümmere mich darum."

Er begann sofort, die Wunde zu reinigen und zu versorgen, während Lina und Ella besorgt zusahen.

Weil Bernd mehr über die kleine Auseinandersetzung hören wollte, erzählte im Ella ausführlich, wie der Betrunkene sie belästigt hatte bis Martin eingeschritten war.

„Martin war sehr mutig," sagte Ella anerkennend am Ende ihrer Erählung.

Martin lächelte schwach. „Es war das Richtige zu tun. Ich wollte, dass der Betrunkene aufhört euch zu belästigen, und das ist gelungen."

Bernd arbeitete routiniert und konzentriert. Mit geübten Handgriffen und einem Arzneimittel, mit dem man Blutungen beenden konnte, stoppte er die Blutung.

„Das sollte jetzt besser sein und nicht mehr zu bluten beginnen", sagte er beruhigend zu Martin, während er ein kleines Pflaster auf die Wange klebte.

„Pass gut auf dich auf und vermeide weitere Schläge ins Gesicht," fügte er mit einem Augenzwinkern hinzu.

Lina beobachtete die Versorgung aufmerksam und war erleichtert.

„Danke, Bernd. Ich bin so froh, dass du hier bist und helfen konntest."

Bernd lächelte. „Kein Problem. Es ist immer gut, Freunde zu haben, die auf einen aufpassen."

Plötzlich trat Lina näher an Martin heran und lächelte ihn an.

„Gleich wird es noch schneller heilen," sagte sie und gab ihm ein sanftes Küsschen auf die Wange, direkt neben das Pflaster.

Martin lächelte dankbar und spürte, wie sein Herz schneller schlug.

„Danke, Lina. Das war die beste Medizin," sagte er leise.

Ella, die die Szene beobachtet hatte, grinste breit. „Ihr zwei seid wirklich süß zusammen," bemerkte sie und zwinkerte Lina zu.

Lina errötete leicht, aber sie konnte ihr Lächeln nicht verbergen.

„Lass uns zurück zur Bühne gehen und die Musik genießen," schlug sie vor. „Ich glaube, wir haben noch einen schönen Abend vor uns."

Gemeinsam machten sich die drei auf den Weg zurück zur großen Bühne, wo die Live-Band in vollem Gange war. Die fröhliche Musik und die ausgelassene Stimmung ließen die vorherigen Zwischenfälle schnell vergessen.


Trotz, beziehungsweise gerade wegen des Vorfalls spürten Lina und Martin, dass ihre Verbindung stärker geworden war. Sie wussten, dass sie sich aufeinander verlassen konnten, falls etwas passierte.

# Wieder bei der Live-Musik

Lina und Martin tanzten zur Rockmusik, die von der Live-Band gespielt wurde. Die fröhliche Musik und die ausgelassene Stimmung ließen sie alles um sich herum vergessen. Sie lachten, drehten sich im Takt der Musik und genossen die Nähe zueinander. Mit jedem Lied, das gespielt wurde, spürten sie, wie ihre Verbindung stärker wurde und sie sich immer mehr ineinander verliebten.

Ella stand etwas abseits und beobachtete ihre Freundin und Martin. Sie freute sich für Lina, konnte aber nicht verhindern, dass sie sich wie das dritte Rad am Wagen fühlte. Während sie die beiden ansah, musste sie immer wieder an Bernd denken. Seine freundliche und professionelle Art hatte einen bleibenden Eindruck bei ihr hinterlassen.

Ella seufzte leise und beschloss, den Abend trotzdem zu genießen, und vielleicht würde sich auch für sie noch eine Gelegenheit ergeben, Bernd besser kennenzulernen.

Mit einem entschlossenen Lächeln machte sie sich auf den Weg, um sich ein Getränk zu holen, dann kam sie auf die Idee, zwei Getränke zu kaufen, eines für sich und eines für Bernd.

Lina und Martin bemerkten Ellas Abwesenheit und sahen sich kurz um. „Wo ist Ella hin?" fragte Martin besorgt.

„Ich glaube, sie wollte sich ein Getränk holen," antwortete Lina. „Ich hoffe, sie fühlt sich nicht ausgeschlossen."

Martin lächelte beruhigend. „Mach dir keine Sorgen, Lina. Ella ist eine starke Frau. Und wer weiß, vielleicht trifft sie ja auch jemanden Besonderen heute Abend."

Lina nickte und lächelte. „Du hast recht. Lass uns den Moment genießen."

Gemeinsam tanzten sie weiter, während die Musik sie in ihren Bann zog und sie den Abend in vollen Zügen genossen.

# Ella bei Bernd

Ella holte sich zwei Erfrischungsgetränke, eine Cola und eine Limonade und ging zum Stand der Unfallhilfe. Sie wollte Bernd Gesellschaft leisten, während er seinen Bereitschaftsdienst als Notarzt machte. Als sie ankam, sah sie Bernd, der gerade eine kurze Pause einlegte und sich auf einen Stuhl setzte.

„Hallo Bernd," rief Ella fröhlich und winkte ihm zu. „Ich dachte, ich komme vorbei und leiste dir ein bisschen Gesellschaft."

Bernd lächelte, als er sie sah. „Hallo Ella, das ist eine nette Überraschung."

Ella sagte: „Schau, ich habe gerade eine Cola und eine Limo gekauft. Was willst du trinken? Such dir eines aus."

„Wow, danke. Ich nehme die Cola. Setz dich doch zu mir."

Ella nahm Platz, reichte Bernd die Cola und sagte: „Ich hoffe, du hast nicht zu viel zu tun heute Abend."

Bernd schüttelte den Kopf. „Es war glücklicherweise ziemlich ruhig, abgesehen von ein paar kleineren Verletzungen. Es ist schön, dass du mich besuchst. Es ist immer gut, jemanden zum Reden zu haben."

Die beiden unterhielten sich über die Kirmes, ihre Erlebnisse und lachten über lustige Geschichten, die sie erzählen konnten. Ella fühlte sich wohl in Bernds Gesellschaft und merkte, dass sie immer mehr Interesse an ihm entwickelte.

Während sie sprachen, bemerkte Bernd, wie aufmerksam und einfühlsam Ella war. Er genoss ihre Gesellschaft und war froh, jemanden zu haben, mit dem er sich austauschen konnte. Die Zeit verging wie im Flug, und beide merkten, dass sie eine besondere Verbindung zueinander aufbauten.

# Lina und Martin

Inzwischen an der Bühne bei Lina und Martin: 20 Minuten vor Mitternacht, als das Ende der Kirmes näher rückte, stoppte die Live-Band plötzlich die Rock-Musik. Der Sänger trat ans Mikrofon und sprach zu den Gästen:

„Die letzten 20 Minuten spielen wir romantische Lieder für die Verliebten," verkündete er.

Die Leute kicherten verlegen, und die Atmosphäre änderte sich schlagartig. Die Lichter wurden gedimmt, und die ersten sanften Klänge eines romantischen Liedes erfüllten die Luft.

Lina und Martin sahen sich an, ein Lächeln auf ihren Gesichtern. Ohne ein Wort zu sagen, nahm Martin Linas Hand und zog sie sanft näher zu sich.

Sie begannen langsam zu tanzen, ihre Bewegungen im Einklang mit der Musik. Die Welt um sie herum schien zu verschwinden, und es gab nur noch sie beide.

Lina legte ihren Kopf auf Martins Schulter und spürte, wie ihr Herz schneller schlug. Martin hielt sie fest und genoss den Moment der Nähe und Zärtlichkeit.

Die romantischen Lieder schufen eine magische Atmosphäre, und Lina und Martin fühlten sich, als wären sie die einzigen Menschen auf der Welt. Mit jedem Lied, das gespielt wurde, verliebten sie sich immer mehr ineinander. Es war ein unvergesslicher Moment.

Als die letzten Töne der romantischen Musik verklangen, standen Lina und Martin eng umschlungen auf der Tanzfläche. Die Welt um sie herum schien stillzustehen, und es gab nur noch sie beide. Die sanften Klänge des letzten Liedes klangen noch in ihren Ohren, während sie sich tief in die Augen sahen.

Lina spürte, wie ihr Herz schneller schlug, und sie konnte den warmen Atem von Martin auf ihrer Haut fühlen. Ihre Hände lagen auf seinen Schultern, während seine Arme sie fest umschlossen hielten. Es war ein Moment voller Magie und Zärtlichkeit, und sie wusste, dass dieser Augenblick etwas ganz Besonderes war.

Langsam neigte sich Martin zu ihr hinunter, und Lina schloss die Augen. Ihre Lippen trafen sich in einem sanften, zärtlichen Kuss, der all die Gefühle ausdrückte, die sie füreinander empfanden. Es war ein Kuss voller Liebe und Zuneigung, der die Zeit für einen Moment stillstehen ließ.

Die Leute um sie herum schienen zu verschwinden, und es gab nur noch Lina und Martin, die sich in diesem magischen Moment verloren.

Als sie sich schließlich voneinander lösten, sahen sie sich tief in die Augen und wussten, dass dieser Kuss der Beginn einer besonderen Liebe war.

Lina und Martin saßen eng umschlungen auf den Bierbänken bei der Bühne. Die letzten Besucher der Kirmes machten sich langsam auf den Heimweg, aber die beiden konnten einfach nicht aufhören, sich zu umarmen und zu küssen. Die romantische Musik hatte eine magische Atmosphäre geschaffen, und sie genossen jeden Moment der Nähe zueinander.

Die Lichter der Kirmes begannen zu verblassen, und die Geräusche der Fahrgeschäfte verstummten allmählich. Doch für Lina und Martin schien die Zeit stillzustehen.

Sie sprachen leise miteinander, lachten und tauschten zärtliche Blicke aus. Es war, als ob die Welt um sie herum nicht mehr existierte.

# Ende der Kirmes

Inzwischen hatte Bernd den Stand der Unfallhilfe geschlossen und machte sich zusammen mit Ella auf den Weg zur Bühne. Ella wollte zurück zu ihrer Freundin Lina und hoffte, dass sie noch bei der Bühne war.

Als sie bei der Bühne ankamen, sahen sie Lina und Martin, die eng umschlungen auf den Bierbänken saßen.

Bernd lächelte und wandte sich an Ella.

„Es sieht so aus, als hätten die beiden einen wirklich schönen Abend gehabt," sagte er leise.

Ella nickte und lächelte ebenfalls. „Ja, das haben sie. Es ist schön zu sehen, wie glücklich sie sind."

Bernd und Ella setzten sich auf eine nahegelegene Bank und beobachteten die beiden. Sie genossen die ruhige Atmosphäre und die Gesellschaft des anderen. Bernd spürte, dass auch zwischen ihm und Ella eine besondere Verbindung entstanden war, und er war gespannt, wohin diese führen würde.

Lina und Martin bemerkten schließlich die Anwesenheit von Bernd und Ella und winkten ihnen zu. „Kommt her, setzt euch zu uns," rief Martin fröhlich.

Bernd und Ella standen auf und gesellten sich zu den beiden. Gemeinsam verbrachten sie die letzten Minuten der Kirmes, lachten und tauschten Geschichten aus.


Schließlich kam ein Mann von der Security und forderte die beiden Paare freundlich auf, das Kirmes-Gelände zu verlassen, da die Kirmes nun geschlossen wurde.

Lina, Martin, Ella und Bernd nickten verständnisvoll und machten sich auf den Weg zum Ausgang.

# In der Latino-Bar

Martin bot an, alle mit seinem Auto in die Innenstadt zu fahren.

„Wie wäre es, wenn wir den Abend in einer Latino-Bar ausklingen lassen? Ich kenne da einen tollen Ort, wo ein DJ bis 5 Uhr morgens Salsa-Musik spielt," schlug er vor.

Die anderen stimmten begeistert zu, und so fuhren sie gemeinsam in die Innenstadt. Während der Fahrt lachten sie viel, und die Stimmung war ausgelassen.

Als sie die Latino-Bar betraten, wurden sie von der rhythmischen Musik und der lebhaften Atmosphäre empfangen.

Die Bar war voller Menschen, die zu südamerikanischer und kubanischer Salsa-Musik tanzten. Die fröhliche, karibische Stimmung zog die vier sofort in ihren Bann. Sie fanden einen Tisch in der Nähe der Tanzfläche und bestellten Getränke, während sie die Atmosphäre genossen.

Martin fragte Lina, ob sie Salsa tanzen könnte, und sie bejahte. Die beiden freuten sich, dass sie wieder eine Gemeinsamkeit gefunden hatten.

Lina und Martin begaben sich auf die Tanzfläche. Sie tanzten zu den heißen Rhythmen der Salsa-Musik, ihre Bewegungen im perfekten Einklang. Es war, als ob sie schon oft miteinander Salsa getanzt hätten, und sie genossen jede Sekunde.

Ella und Bernd beobachteten die beiden und lächelten. „Sie sehen so glücklich aus," sagte Ella leise.

Bernd nickte. „Ja, das tun sie. Und ich bin froh, dass wir diesen Abend zusammen verbringen können."

Ella lächelte und nahm Bernds Hand. „Lass uns auch tanzen", schlug sie vor.

Bernd zögerte kurz. „Ich kann aber nicht Salsa tanzen", sagte er und Ella lachte: „Ich auch nicht, aber ich will tanzen."

Bernd lachte und folgte Ella auf die Tanzfläche. Gemeinsam tanzten sie auf eine improvisierte Art zu den mitreißenden Klängen der Salsa-Musik und spürten, wie ihre Verbindung immer stärker wurde.

Die Nacht verging wie im Flug, und die vier genossen jeden Moment in der Latino-Bar.

Gegen Ende des Abends nahm der DJ das Mikrofon und verkündete: „In 30 Minuten ist Feierabend, ab jetzt spiele ich romantische Rumba-Musik für die Verliebten."

Die Gäste der Latino-Bar lachten verlegen, aber sie freuten sich sehr, dass die Atmosphäre der Latino-Party jetzt intimer und romantischer wurde. Die Lichter wurden gedimmt, und die ersten sanften Klänge der Rumba-Musik erfüllten den Raum.

Bernd und Ella waren immer noch auf der Tanzfläche. Obwohl beide nicht Rumba tanzen konnten, beschlossen sie, einfach im Takt der Musik zu bleiben und den Moment zu genießen. Sie bewegten sich langsam und vorsichtig, ihre Blicke fest ineinander verschlungen.

Die Musik schuf eine magische Atmosphäre, und sie spürten, wie ihre Herzen im gleichen Rhythmus schlugen.

Während sie tanzten, kamen sie sich immer näher. Bernd legte seine Hände sanft auf Ellas Hüften, und sie legte ihre Arme um seinen Nacken. Ihre Bewegungen wurden synchroner, und sie fühlten sich, als ob sie schon immer zusammen getanzt hätten. Die Welt um sie herum schien zu verschwinden, und es gab nur noch sie beide.

Die romantische Musik und die Nähe zueinander ließen ihre Gefühle füreinander immer stärker werden. Schließlich, als ein besonders gefühlvolles Lied erklang, sahen sie sich tief in die Augen.

Ohne ein Wort zu sagen, neigte sich Bernd langsam zu Ella hinunter, und sie schloss die Augen. Ihre Lippen trafen sich in einem sanften, zärtlichen Kuss, der all die heute aufgestauten Gefühle ausdrückte, die sie füreinander empfanden.

Es war ein Kuss voller Liebe und Zuneigung, der die Zeit für einen Moment stillstehen ließ. Die Welt um sie herum verschwand, und es gab nur noch Bernd und Ella, die sich in diesem magischen Moment verloren.

Als sie sich schließlich voneinander lösten, sahen sie sich tief in die Augen und wussten, dass dieser Kuss der Beginn einer ganz besonderen Liebe war.

Am Ende des Abends waren nur noch sich küssende Paare auf der Tanzfläche. Die romantische Rumba-Musik erfüllte den Raum, und die Atmosphäre war voller Liebe und Zärtlichkeit.

Bernd und Ella hielten sich fest umschlungen und genossen die letzten Minuten der Musik, während Lina und Martin ebenfalls eng umschlungen tanzten und sich immer wieder zärtliche Küsse gaben.

Als die Musik verstummte und die letzten Töne verklangen, saßen die zwei Paare noch immer am Tisch und genossen ihre Getränke. Die Atmosphäre war entspannt und voller Zuneigung, während sie sich leise unterhielten und über den magischen Abend nachdachten. Der Türsteher kam schließlich zu ihnen und forderte sie freundlich auf, das Lokal zu verlassen, da es nun geschlossen wurde.

Schnell tauschten die vier ihre Telefonnummern aus, um in Kontakt zu bleiben. Lina nahm ihr Handy heraus und gründete eine WhatsApp-Gruppe mit dem Namen "Kirmes".

„So können wir alle in Verbindung bleiben und uns wiedersehen," sagte sie lachend, während sie die anderen in die Gruppe einlud.

Plötzlich sagte Ella: „Wisst ihr, warum dies ein ganz besonderer Abend war? Weil zwei Krankenschwestern und zwei Ärzte sich nicht im Krankenhaus, sondern auf der Kirmes kennengelernt haben!"

Alle lachten, und Bernd bemerkte: „Was ein Glück, sonst wäre unsere Geschichte Stoff für einen kitschigen Arztroman!"

Worauf wieder alle so laut lachten, dass der Türsteher nochmal an den Tisch kam und daran erinnern musste, dass sie jetzt gehen müssten.


Martin bot an, alle nach Hause zu fahren. Die anderen nahmen das Angebot dankbar an, und so machten sie sich auf den Weg zum Parkplatz.

Zuerst fuhr Martin Ella nach Hause. Sie bedankte sich herzlich und verabschiedete sich mit einem Kuss von Bernd. „Es war ein wunderbarer Abend. Ich freue mich schon auf unser nächstes Treffen," sagte sie, bevor sie ausstieg.

Dann fuhr Martin Bernd nach Hause. Auch Bernd bedankte sich und verabschiedete sich mit einem festen Händedruck. „Danke, Martin. Es war ein großartiger Abend. Bis bald," sagte er, bevor er aus dem Auto stieg.

Schließlich fuhren Martin und Lina gemeinsam weiter. Die Straßen waren ruhig, und sie genossen die Stille und die Nähe zueinander.

„Zu mir oder zu dir?", fragte Martin und es war ihm ganz egal, was Lina jetzt antworten würde.


Glückliches Ende.

# Weitere Bücher des Autors

Wenn Ihnen diese romantische, kitschige Kirmes-Geschichte gefallen hat, dann gefallen Ihnen bestimmt auch andere Kurzgeschichten, die sich Ulrich Germania ausgedacht hat. Viele Geschichten erzählen von romantischen Begegnungen an ungewöhnlichen Orten.

KI-Hinweis: Für die folgenden Geschichten gilt:
Ulrich Germania hat sich die Charaktere und den Plot ausgedacht, die KI hat die Geschichten geschrieben, dann wurden sie überarbeitet und verbessert.

### Kirmes der Herzen
Kurze, kitschige Kirmesgeschichte

### Doktoren auf der Kirmes
Kein Arztroman, aber fast.
(dieses Buch)

### Die Liebesgöttin auf der Kirmes
Jahrmarkt-Begegnung mit mystischem Flair

### Liebe in Kostümen
Begegnungen auf einem Cosplay-Event

**Talahon Bilderbücher, Buchserie**

Finde die Unterschiede!
Suchspiel Bilderbücher für Erwachsene

Chaya und Talahon in der Shisha-Bar,
Buch 1 bis 3

Die Chayas chillen auf der Kirmes

Die Chayas chillen wieder auf der Kirmes

Chaya und Talahon auf der Kirmes

Talahons mit Chaya auf der Kirmes

Die folgenden Geschichten wurden ohne die
Hilfe der KI verfasst:

**Erst die Rache, dann die Braut**

Cowboy-Western mit Kitsch und Liebe auf den
ersten Blick. In mehreren Sprachen erhältlich.

**Zenola**

Ihr Herz war unverkäuflich.
Die Indigene und ihr Mariachi

DIE
LIEBESGÖTTIN
AUF DER
KIRMES
Ulrich Germania